Russian Hostage 2
In Russland benutzt

Olga Pizda

© 2019
like-erotica
Legesweg 10
63762 Großostheim
www.like-erotica.de
info@like-erotica.de

like-erotica ist ein Imprint des likeletters Verlages.

Autorin: Olga Pizda
Cover: © Bigstockphotos.com / Yurolaitsalbert

ISBN: 9783966760119

Inhaltsverzeichnis

Aufgrund einer Verwechslung wird die junge
Lena nach Russland verschleppt. Es kommt
heraus, dass sie nicht die Person ist, die der
Auftraggeber Viktor wollte, doch er kann sie
nicht einfach so gehen lassen.
Die Unschuld des hübschen Mädchens betört
ihn so sehr, dass er beschließt, sie zu
verführen und für sich und seine Freunde
abzurichten ...

Gefesselt

«Komm Mädchen, setz dich zu uns!»,
sagt einer der Männer zu ihr.
Er ist ähnlich wie Viktor Anfang 40,
recht groß und wirkt in seinem
dunkelgrauen und teuren Anzug sehr
attraktiv. Sie schaut sich um und
bemerkt, dass auch die anderen vier
Männer ähnlich gekleidet sind, und
fühlt sich ein wenig eingeschüchtert.
Warum hat Viktor sie in sein Büro
rufen lassen? Wieso soll sie dabei sein,
wenn sie hier gerade wichtige
Gespräche über das Geschäft führen,
bei dem Lena doch sowieso nicht
mitreden kann?
«Möchtest du etwas trinken?», fragt
einer der Männer, steht auf und greift
nach einem kleinen Glas aus Kristall.
«Wodka?», bohrt er weiter nach, als
Lena nicht sofort reagiert.
Sie hasst Wodka, vor allem pur, aber
sie ist weiterhin so perplex, dass sie
nichts sagen kann und dabei zuschaut,
wie der Mann ihr Eiswürfel in das Glas

füllt und anschließend ein wenig
Wodka drauf schüttet.
«Der beste Wodka in ganz Russland»,
sagt er und drückt Lena das Glas in die
Hand.
Die anderen Männer heben ihre Gläser
hoch, irgendjemand sagt einen
Trinkspruch auf Russisch, den Lena
nicht versteht und alle trinken.
Nachdem sie abgesetzt haben, schauen
sie Lena erwartungsvoll an.
«Was ist? Trink, Mädchen!», sagt der
Mann neben ihr und ihr bleibt keine
andere Wahl als das Glas anzusetzen
einen großen Schluck zu trinken.
Der scharfe Wodka brennt in ihrem
Mund und Hals, sie verzieht das
Gesicht, kneift die Augen zusammen,
woraufhin die Männer johlen.
«Du wirst dich noch daran gewöhnen»,
sagt Viktor, während er ihr auf die
Schulter klopft.
Er zieht sie an der Hand vom Sofa
runter und führt sie in den hinteren
Bereich seines Büros, um etwas mit ihr
zu besprechen.

«Hör mal Lena, das sind sehr wichtige Geschäftsmänner. Ich bitte dich, dass du nett zu ihnen bist und dich auf ihre kleinen Späße einlässt, in Ordnung?», flüstert er ihr zu und streicht dabei über ihre Wange.

Mit großen Augen schaut sie ihn an und nickt. Wie soll sie ihm auch widersprechen können, wenn er so groß und stark vor ihr steht und sein Duft ihr fast den Verstand raubt?

«Sehr gut. Sie werden dich auch alle sehr gut behandeln. Das sind wirklich gute Männer», fügt er noch hinzu und dreht sich dann wieder von ihr weg, um zu den anderen zurückzukehren.

Lena versucht sich zu sammeln und fragt sich, was er damit wohl gemeint hat. Wie nett soll sie denn zu den Männern sein? Er meint damit doch sicherlich nur, dass sie höflich auf ihre Fragen antworten soll und sich mit ihnen unterhält.

Oder etwa doch etwas anderes?

Lena setzt sich wieder auf ihren alten Platz, wo sie von den Männern bereits sehnsüchtig erwartet wird. Der Mann neben ihr drückt ihr das alte Glas in die Hand.

«Man sollte keinen Wodka verschwenden!», sagt er und zwinkert ihr zu.

Lena schaut auf das halbleere Glas, setzt es an und trinkt es komplett aus.

«Gut so!», lobt der Mann sie, nimmt ihr das Glas wieder weg und legt seine Hand auf ihr Bein.

Sie spürt, wie der Wodka in ihrem Hals brennt und wie sich die Wärme in ihrem Körper ausbreitet, weswegen sie der Hand auf ihrem Bein noch nicht allzu viel Beachtung schenkt. Bis er beginnt über ihren Oberschenkel zu streicheln und immer höher fährt.

Lena guckt erst auf seine Hand und dann auf den Mann, der sie lüstern angrinst.

«Du bist wirklich ein sehr hübsches Mädchen», sagt er und rückt noch ein Stückchen näher.

Hilfesuchend schaut sie sich nach Viktor um, der sie beobachtet aber keine Anstalten macht, einzugreifen. Stattdessen nickt er ihr ermunternd zu.

Wahrscheinlich hat er doch etwas anderes als nur Smalltalk gemeint. Lena traut sich nicht, seine Hand wieder wegzuschieben und spürt, wie er ihr immer näher kommt.

«Meinst du nicht auch, dass wir mal woanders hingehen sollten? Viktor hat mir eins seiner besten Zimmer gegeben», sagt der Mann und schaut dabei gierig an Lena rauf und runter. Noch einmal dreht sich Lena nach Viktor um und sieht, dass er sie beobachtet. Sie kann jetzt unmöglich nein sagen, weswegen sie nickt.

«Wunderbar», sagt der Mann, steht auf und greift nach Lenas Hand.

«He, wo wollt ihr hin?!», fragt einer der anderen Männer, aber Viktor hält ihn zurück.

«Du wirst auch noch dran kommen. Keine Sorge», beruhigt er ihn und schenkt ihm noch ein Glas Wodka ein. Nervös läuft Lena dem fremden Mann hinterher und wartet darauf, dass er die schwere Holztür vor ihm öffnet. Als die Tür aufgeht, erkennt sie, dass das Zimmer fast genau wie ihrs aussieht.

Überall stehen Samtmöbel, in der Mitte thront ein großes Bett und das Badezimmer ist mit Marmor ausgelegt.

«Nur das Beste für dich», sagt er und fängt an seine Krawatte zu lockern, während er immer noch gierig auf Lena blickt.

«Ich heiße übrigens Paul», erwähnt er beiläufig und macht einen Schritt auf sie zu.

Lena hat sich inzwischen damit abgefunden, dass er sie gleich berühren und wahrscheinlich auch Sex mit ihr haben wird. Er ist attraktiv, wirkt gepflegt und Viktor würde sicherlich auch nicht zulassen, dass er ihr irgendetwas antut.

«Zieh dich doch mal aus», sagt Paul dann mit einem bestimmenden Tonfall, dem sich Lena sofort beugt. Sie streift die Boots von ihren Füßen und fängt an, sich das enge Shirt über den Kopf zu ziehen. Paul hat sich währenddessen auf einen der Sessel gesetzt und beobachtet sie.

«Langsamer», sagt er und öffnet dabei seinen Gürtel und den Reißverschluss.

Lena sieht, wie er seinen großen,
harten Schwanz rausholt und beginnt
ihn zu wichsen.
Sie ist froh, dass sie sich heute noch
einmal für die Spitzenwäsche
entschieden hat und nicht für die ollen
Baumwollsachen, die sie sich aus
Bequemlichkeit neu gekauft hat.
Langsam streift sie sich die enge Jeans
von den Beinen und bleibt
erwartungsvoll vor ihm stehen.
«Weiter», sagt er nur.
Lena greift hinter sich an den
Verschluss ihres BHs und knöpft die
zwei Haken auf. Sie streift sich die
Träger von den Schultern und lässt das
hauchzarte Stück Stoff auf den Boden
fallen. Erregt starrt Paul auf ihre
Brüste, während er immer noch seinen
Schwanz in der Hand hält.
«Und jetzt der Tanga», sagt er.
Lena packt die dünnen Träger und
schiebt ihn sich von der Hüfte bis auf
den Boden.
«Dreh dich um», befiehlt er ihr und
langsam dreht sich Lena.

«Knie dich aufs Bett», hört sie ihn sagen und macht, was er will. Langsam klettert sie auf die hohe Matratze und streckt ihm ihren Arsch entgegen. Sie kann hören, dass er vom Sessel aufgestanden ist und sich jetzt langsam ihr nähert. Dann spürt sie seine Hand auf ihrer nackten Haut. Er fährt ihre Oberschenkel hoch, bis er ihren Po erreicht, wo er mit kreisenden Bewegungen drüber streicht. Das wiederholt er auf der anderen Seite bis er ihren Schritt erreicht und langsam seine Finger durch ihre Spalte zieht. «Mhh…da freut sich wohl jemand», sagt er zufrieden, zieht seine Finger wieder zurück und betrachtet Lenas Saft an seiner Hand.
Lena kann sich nicht erklären, wie das passiert ist, aber wahrscheinlich macht sie die Situation ihm so ausgeliefert zu sein, unglaublich an.
Sie spürt noch einmal, wie seine Hand durch ihre Spalte fährt und sie am Kitzler berührt. Langsam beginnt er daran zu reiben, sie schließt dabei ihre Augen und stöhnt leise.

«Oh … dir scheint es wohl zu gefallen.
Ich mag, wie zurückhaltend du bist.
Sonst hat Viktor immer nur wilde
Frauen, die ganz genau wissen, was sie
machen oder sagen sollen, um uns
Männer in Fahrt zu bringen. Aber ich
mag es, dass du so schüchtern bist und
es so wirkt, als ob du alles einfach nur
über dich ergehen lässt, obwohl es dich
in Wirklichkeit total geil macht»,
flüstert er ihr ins Ohr, während er zwei
Finger tief in ihre nasse Muschi
schiebt, was Lena erneut zum
Aufstöhnen bringt.
Er fickt sie eine Weile mit der Hand,
während er sich mit der anderen Hand
die Hose runterzieht und Lena dann
am Kopf packt, damit sie sich in seine
Richtung dreht.
Sie sieht seinen großen Prügel, der steil
von ihm absteht und weiß, was jetzt
auf sie zukommt. Er dreht sie so weit,
dass ihr Gesicht direkt vor seinem
harten Schwanz ist.
«Mund aufmachen», sagt er in einem
strengen Tonfall und automatisch

öffnet Lena ihren Mund, um seinen
großen Prügel aufzunehmen.

Er bestimmt das Tempo, indem er
ihren Kopf festhält, um sich zunächst
langsam gegen ihren Mund zu
drücken. Sie will sich gar nicht
wehren, hält einfach nur weiterhin
ihren Mund geöffnet und spürt, wie
der harte Prügel immer tiefer in ihren
Hals eindringt.

«Guck mich dabei an», sagt er und
zerrt an ihrem Kopf.

Sie schaut zu ihm hoch und sieht, wie
er zufrieden grinst.

«So ist es brav», lobt er sie und zieht
seinen Schwanz wieder aus ihrem Hals.

«Und jetzt schön stillhalten und den
Mund weit geöffnet lassen», sagt er,
bevor er seinen Prügel wieder tief in
ihren Hals schiebt.

Lena kommen die Tränen, weil er
dieses Mal so weit in sie eindringt. Sie
spürt wie er in ihre Kehle eindringt
und versucht sich zu konzentrieren,
dämit der Würgereflex nicht ausgelöst
wird und hört dann wieder, wie er sagt,
dass er sie angucken soll.

«Mhh ja… so gefällt mir das», sagt er zufrieden, als er sieht, wie ihr die Tränen kommen. Wenig später zieht er sich wieder zurück und lässt Lena tief Luft holen.

«Du wirst es in den nächsten Wochen schon noch schaffen, ihn komplett aufzunehmen», merkt er an.

Diese Worte lösen bei Lena einerseits Angst aus, weil das bedeutet, dass sie auch für die nächste Zeit noch hierbleiben wird, andererseits hat es sie auch irgendwie angemacht, ihm so ausgeliefert zu sein und kann es nicht erwarten, noch mehr ähnliche Situationen zu erleben.

Sie spürt, wie er sie an den Fußknöcheln zu sich nach hinten zieht und fühlt dann etwas Hartes an ihrer nassen Muschi. Mit einem harten Stoß dringt er plötzlich in sie ein und lässt sie laut aufstöhnen.

«Mhh … geile, enge Pussy», stöhnt er, während er sich an ihrer Hüfte festhält und sie mit heftigen Stößen fickt. Lena stöhnt jedes Mal auf, wenn er sein Becken gegen ihren Hintern

drückt und sein Schwanz komplett in ihr steckt. Sie versucht leise zu sein, kann sich ihr Stöhnen und Wimmern aber nicht mehr länger verkneifen und wird immer lauter.
Bis sie einen harten Schlag auf ihrem Arsch spürt und dabei scharf die Luft einzieht.
«Ich weiß, dass dir das gefällt. Aber ich will, dass du leise bist», sagt er und krallt sich noch einmal fester in ihre Hüften.
Lena legt ihr Gesicht auf das Bett ab und vergräbt es in der weichen Bettdecke, um ihr Stöhnen damit dämpfen zu können. Paul stößt immer fester und schneller zu und sie spürt, dass der Höhepunkt nicht mehr lange auf sich warten lässt.
Und dann ist es so weit.
Ihr ganzer Körper spannt sich an, sie versucht sich nur noch auf die harten Stöße zu konzentrieren, die jetzt genau den richtigen Punkt treffen und dann kommt sie. Ihre Finger krallt sie in die Bettdecke, während sie laut aufstöhnt und sofort wieder einen heftigen

Schlag auf ihren Arsch spürt, bevor sie dann auch Paul laut keuchen hört und merkt, dass sein warmes Sperma in ihre zuckende Muschi schießt.

Er hält sich noch für eine Weile an ihr fest, bevor er dann seinen Schwanz aus ihr zieht und von ihr wegtritt.

«Das war geil», sagt er und zieht sich seine Hose wieder hoch.

Atemlos bleibt Lena auf dem Bett liegen und sieht dabei zu, wie er sich die Krawatte bindet.

«Da vorne ist das Bad», sagt er und deutet auf die offenstehende Tür. Schnell huscht Lena unter die Dusche, um sich seinen Saft und Schweiß vom Körper abzuduschen, bevor sie wieder in ihre Sachen schlüpft. Wieder sitzt Paul auf dem Sessel und schaut zufrieden dabei zu, wie sie sich zunächst die schwarze Spitzenunterwäsche anzieht und anschließend die enge Jeans und das enge Shirt über den Körper zieht.

«Gehen wir?», fragt er anschließend, als Lena sich auch noch die Schuhe angezogen hat und steht dann auf.

Mit zitternden Beinen folgt sie ihm und findet sich wenig später auf dem Sofa mit einem Glas Wodka in der Hand wieder.

Viktor sitzt neben ihr und streichelt ihr langsam über ihr Bein.

«Er sieht zufrieden aus. Das hast du gut gemacht», lobt er sie, was Lena plötzlich mit Stolz erfüllt. Auf ihrem Gesicht breitet sich ein Lächeln aus.

«Dir wird es hier gut gehen, wenn du so weitermachst», ergänzt er und nimmt einen Schluck aus seinem Glas. «Ich besuche dich später noch mal auf deinem Zimmer. Du kannst jetzt gehen, wenn du möchtest», sagt er und Lena spürt, wie sich Vorfreude in ihr ausbreitet.

Sie kann es schon jetzt kaum noch erwarten, dass er sie später besuchen wird.

Sie steht auf, verabschiedet sich bis zum nächsten Mal bei den Männern und schenkt Viktor noch ein Lächeln, bevor sie dann zurück auf ihr Zimmer läuft.

Dort lässt sie sich ein heißes Bad ein und legt sich währenddessen halb transparente Spitzendessous heraus. Sie möchte für Viktor unbedingt perfekt aussehen.

Sie kramt in ihren Schubladen und findet roten Nagellack, den sie ebenfalls bereitstellt. Außerdem noch zahlreiche Gesichtsmasken, von denen sie sich eine aussucht.

Sie schaltet anschließend das Radio ein, steigt in das dampfende Wasser und entspannt augenblicklich.

Sie hätte es vor ein paar Tagen niemals für möglich gehalten, dass sie einmal in so einem luxuriösen Zimmer wohnen und sich für einen eleganten, attraktiven und wohlhabenden Mann zurecht machen wird.

Sie stellt sich vor, wie sie die nächsten Monate oder gar Jahre hier verbringt und wie sie ihn vielleicht schon bald als ihren neuen Freund ihren Freundinnen vorstellt.

Während sich Lena blauäugig ihre rosige Zukunft mit Viktor vorstellt, sitzt der noch immer mit seinen Geschäftspartnern im Büro.

Paul hat sich neben ihn gesetzt und will alles über Lena wissen.

«Wo hast du die Kleine gefunden?», fragt er interessiert.

«Ach … das war nur ein Fehler meiner Männer. Die sollten eigentlich Katja entführen und sie sieht ihr nun mal sehr ähnlich. Dimitri wollte sich um sie kümmern, aber ich dachte mir, dass wir alle erstmal unseren Spaß mit ihr haben können. Später kann er sie immer noch erledigen.

Es macht Spaß sie zu ficken, oder?», fragt er ihn und Paul nickt begeistert.

«Sie wirkt so unschuldig und unerfahren. Aber mit ein bisschen Zeit wird sie eine richtig gute Sexsklavin sein, die alles mit sich machen lässt. Man muss sie nur ein wenig anders behandeln als die Mädchen, die ich sonst habe», führt er weiterhin aus.

«Also, wenn du sie irgendwann nicht mehr brauchst, nehme ich sie gerne. Ich mag es, wenn sie noch so

unverbraucht sind», schlägt Paul vor
und Viktor scheint zu überlegen.
«Keine schlechte Idee. Vielleicht lasse
ich sie auch am Leben und verkaufe sie
dann an den Höchstbietenden. Aber
erst will ich noch meinen Spaß mit ihr
haben», sagt er und steht dann auf.
«Ich habe jetzt noch einiges zu tun,
meine Freunde. Aber Dimitri geleitet
euch gerne in den Westflügel, wo ihr
weiterhin meinen Wodka trinken
könnt», sagt er mit einem
Augenzwinkern.
«Ich lasse auch noch gerne ein paar
Frauen zu euch bringen», ergänzt er, als
er die enttäuschten Gesichter sieht.
«Was ist mit der Kleinen von eben?»,
fragt einer der Männer.
«Um die werde ich mich jetzt
kümmern. Aber ihr werdet sie noch
häufiger sehen und die Gelegenheit
bekommen, sich von ihren Qualitäten
überzeugen zu lassen», antwortet er
und erntet dafür zufriedenes Nicken.
Lena hat sich sorgfältig abgetrocknet,
eine wohl duftende Bodylotion
benutzt und die feinen Dessous

angezogen. Darüber trägt sie einen halb transparenten Kimono, der erahnen lässt, was sich darunter verbirgt. Gerade als sie sich auf ihr Bett legen will, um auf Viktor zu warten, klopft es an der Tür.

«Ja?», ruft sie, die Tür öffnet sich und Viktor tritt herein.

«Ich hoffe, es ist nicht zu spät für dich», sagt er und bemerkt erst dann, was Lena für Klamotten trägt.

«Nein. Überhaupt nicht. Ich habe auf dich gewartet», sagt sie selbstbewusst und geht einen Schritt auf ihn zu.

«Das freut mich wirklich. Du siehst gut aus», erwidert er und betrachtet sie von oben bis unten. Er lobt sich noch einmal selbst für die Idee, aus ihr eine Sexsklavin zu machen. Sie eignet sich wirklich gut dafür, und scheint in der Rolle richtig aufzugehen.

Viktor lockert sich die Krawatte und zieht sie anschließend aus, um damit einen Schritt auf Lena zuzugehen.

«Wurdest du schon einmal gefesselt?», fragt er sie sanft und wie erwartet, schüttelt sie den Kopf.

«Möchtest du das einmal
ausprobieren?»
Und jetzt nickt sie.
Viktor zieht an der Schleife von ihrem
Kimono und streift ihn von ihren
Schultern. Danach drückt er sie aufs
Bett, woraufhin sie sich mit dem
Rücken darauf legt. Er zieht ihre Arme
nach oben, bindet seine Krawatte um
ihre Hände und befestigt die Enden
dann am Bettgestell.
«Keine Angst. Die Fesseln sind nicht
sehr fest. Du könntest entkommen,
wenn du wolltest», sagt er zur
Beruhigung, als er die Panik in ihrem
Gesicht sieht.
Lenas Atmung wird daraufhin wieder
langsamer. Sie weiß, dass sie Viktor
vertrauen kann und er nichts
Schlimmes mit ihr anstellen wird,
daher lässt sie sich darauf ein.
Viktor fängt nun an, sich auszuziehen.
Lena beobachtet, wie er sein Hemd
aufknöpft, es abstreift und dann mit
seiner Hose weiter macht. Er steht nun
komplett nackt neben ihr und gierig

schaut sie auf seinen harten, großen Schwanz.

Wie gerne sie den jetzt in ihr spüren möchte.

Er steigt zu ihr auf das Bett und kniet neben ihrem Gesicht und führt seinen Schwanz jetzt an ihren Mund. Da er nicht so nah kommt, um ihn reinzuschieben, setzt er sich auf ihre Brust, stützt sich auf seinen Beinen ab und drückt ihr dann langsam seinen steifen Prügel in ihren Mund.

Lena guckt ihn an, während sie seinen Schwanz tief in ihren Hals aufnimmt, versucht den Würgereflex zu unterdrücken und lässt ihn immer tiefer.

«Ja, das machst du gut», lobt er sie, was sie erneut mit Stolz erfüllt.

Sie möchte ihm auf jeden Fall gefallen.

Viktor beschleunigt nun das Tempo, zieht seinen Schwanz raus und drückt ihn jedes Mal ein Stückchen tiefer bis er es bald geschafft hat, ihn komplett in ihren Mund zu drücken. Die Tränen laufen ihr übers Gesicht genau so wie

ihr Sabber, der ihr unkontrollierbar
über das Kinn läuft.
«Willst du für heute aufhören?», fragt
er sie, aber sie schüttelt mit dem Kopf.
Sie möchte noch einmal von ihm
gelobt werden.
Zufrieden legt er seinen Schwanz an
ihrem Mund an und drückt ihn noch
einmal tief in ihren Hals. Er verharrt
für einen Moment und versucht dann
seinen Prügel noch tiefer zu schieben,
bis Lena unter ihm zappelt und ihn
flehend anschaut.
Schnell zieht er sich wieder zurück und
lässt sie tief Luft holen.
«Das hast du sehr gut gemacht», sagt er
und sie lächelt zufrieden.
Er löst ihre Fesseln und dreht sie dann
auf den Bauch, um ihre Hüfte nach
oben zu ziehen. Lena weiß, dass er sie
jetzt ficken wird und freut sich schon
sehr darauf.
Sie stützt sich auf ihre Unterarme ab
und stöhnt genüsslich, als er seinen
prallen Schwanz tief in ihre nasse
Muschi stößt und sofort damit

beginnt, sie mit harten und schnellen Stößen zu ficken.

Dieses Mal hält sich Lena nicht zurück, sondern stöhnt ihre Lust heraus, keucht und wimmert, wenn er besonders hart zustößt.

Plötzlich spürt sie, wie sein Finger an ihrem Arschloch herumspielt und es befeuchtet wird. Das hat bisher noch keiner bei ihr gemacht, weil sie bisher große Angst davor hatte. Aber Viktor scheint sehr vorsichtig zu sein und massiert ihr enges Loch erstmal von außen, bevor er immer wieder mit der Fingerkuppe eindringt.

«Hattest du schon anal?», fragt er Lena und sie schüttelt wahrheitsgemäß mit dem Kopf.

«Na, dann wird es Zeit», sagt er und sie zuckt zusammen, als er den ganzen Finger in ihr enges Loch bohrt.

Es fühlt sich ungewohnt an, aber irgendwie auch angenehm. Er bewegt den Finger hin und her, bis er einen zweiten folgen lässt. Der Dehnungsschmerz durchfährt ihren Körper und sie würde sich am liebsten

nach vorne lehnen, um ihn zu
entkommen, gleichzeitig möchte sie
Viktor aber auch unbedingt gefallen,
weswegen sie ruhig bleibt.
Mit beiden Fingern dehnt er sie jetzt
und als er seinen Schwanz wieder aus
ihrer Muschi zieht, weiß sie, dass er
den jetzt an ihrem engen Arsch
ansetzen wird.
«Bereit?», fragt er, als er seine Finger
wieder rauszieht.
Lena möchte am liebsten den Kopf
schütteln, nickt stattdessen.
Sie legt ihren Kopf auf ihre Unterarme
ab, kneift die Augen zusammen und
spürt, wie Viktors großer Schwanz ihr
enges Loch aufbohrt. Ganz langsam
drückt er sich in sie, während sie die
Zähne zusammenbeißt und darauf
wartet, dass er komplett in ihr steckt.
«Braves Mädchen», sagt er immer
wieder, während er mit seinen Händen
über ihren Arsch streichelt und dabei
immer tiefer in ihren Arsch eindringt
bis er endlich komplett drin steckt.
Langsam zieht er ihn fast wieder
vollständig raus, um ihn dann wieder

ganz reinzudrücken. So macht er eine Weile weiter, bis sich Lena an das neue Gefühl gewöhnen kann. Sie entspannt sich langsam und findet mit jedem Stoß mehr Gefallen daran.

Sie fängt an zu stöhnen, woraufhin Viktor etwas schneller wird und das Tempo beschleunigt.

Lenas Stöhnen wird lauter und schon bald fühlt es sich für sie richtig gut an und sie stemmt sich aus eigener Kraft gegen ihn, um sich noch härter von ihm ficken zu lassen.

«Mhh … dir scheint es zu gefallen», sagt er, worauf Lena nur mit einem stöhnenden «ja!», antwortet.

Er wird noch schneller, seine Stöße härter und dann spürt Lena, wie sich ein Finger an ihren Kitzler legt und er beginnt sie zu reiben. Es durchströmt sie wie ein Blitz, als sie seinen Finger an ihrer Muschi spürt, während er sie gleichzeitig fickt.

Es dauert nicht lange und sie kommt laut stöhnend und heftig zuckend. So einen intensiven Orgasmus hat sie bisher noch nie erlebt. Die nachfolgenden Stöße erlebt sie noch heftiger bis auch Viktor kommt und seinen Saft keuchend in ihren Arsch schießt.

Er krallt sich noch für einen Moment an ihrem Oberkörper fest, bevor er sich wieder aus ihr zurückzieht und sie erwartungsvoll anguckt.

«Wie war das neue Erlebnis für dich?», fragt er sie und sie muss sich erstmal wieder beruhigen, bevor sie antworten kann.

«Das war der Wahnsinn», antwortet sie zu seiner Zufriedenheit.

«Habe ich mir schon gedacht. Ich habe noch jede Menge, was ich dir gerne zeigen möchte. Aber für heute reicht das», antwortet er und löst sofort Vorfreude in ihr aus.

Was meint er damit? Was will er ihr denn noch zeigen?

Er zieht sich wieder an und drückt Lena noch einen Kuss auf die Stirn, bevor er sich bei ihr verabschiedet.

«Gute Nacht», wünscht er ihr und schließt dann die Tür.

Sie starrt ihm noch hinterher und ist etwas traurig, dass er nicht bei ihr geblieben ist. Sie hat gehofft, dass sie vielleicht die Nacht miteinander verbringen. Aber sie weiß ja, dass er noch Gäste hat und sich noch um die kümmern muss. Sie läuft ins Bad, macht sich bettfertig und schläft mit einem kribbelnden Gefühl in der Magengegend wieder ein. Sie freut sich schon jetzt auf Viktors nächsten Besuch.

Als Viktor die Tür hinter sich schließt, trifft er zufällig auf Vitali, der gerade zwei Frauen zu Viktors Geschäftspartnern geführt hat.

«Vitali», sagt Viktor, um ihn aufzuhalten. «Wie geht es meinen Freunden da drin?», will er wissen.

«Sie sind zufrieden. Ich musste ihn aber immer wieder erklären, dass das deutsche Mädchen heute Abend nicht mehr zu ihnen kommen wird. Die wollten sie unbedingt sehen», antwortet er und bemerkt, dass Viktor grinst.

«Ja, ich habe mir schon gedacht, dass
die bei den Männern sehr beliebt sein
wird. Sie macht sich auch wirklich gut.
Macht alles, was ich ihr sage. Sie wird
eine hervorragende Sexsklavin
abgeben. Paul hat mich auch noch auf
eine wirklich gute Idee gebracht: Wenn
ich erstmal mit ihr fertig bin und man
sie für alles benutzen kann, werde ich
sie an den Höchstbietenden
versteigern. Sie wird mir sicherlich jede
Menge Geld einbringen. Aber verrate
es niemanden. Alle sind weiterhin nett
zu ihr, damit sie nicht auf die Idee
kommt abzuhauen und ich sie doch
umbringen lassen muss», flüstert er
ihm zu.

Vitali bleibt schockiert stehen und
kann nicht glauben, was er da gerade
gehört hat. Er ist davon ausgegangen,
dass er sie freilassen wird, so bald sich
die Lage beruhigt hat.

Das hat sein schlechtes Gewissen
immer wieder beruhigt, schließlich ist
er mit dafür verantwortlich gewesen,
dass sie das falsche Mädchen entführt
haben. Er stellt sich vor, dass Lena an

einen reichen Scheich verkauft wird und ihre Familie nie wieder sehen wird.

Das kann er auf keinen Fall zulassen! Gleichzeitig weiß er aber auch, dass er sich Viktor nicht widersetzen sollte, weil er sein eigenes Leben damit aufs Spiel setzen würde. Daher nickt er nur und lobt seinen Boss für diese großartige Idee.

«Das ist wirklich ein guter Plan. Sie wird Ihnen sicherlich sehr viel Geld einbringen», sagt er und erntet dafür einen zufriedenen Klopfer auf die Schulter von seinem Chef.

«Ich übernehme meine Freunde jetzt. Du kannst gerne Feierabend machen», sagt er und öffnet die Tür zu dem großen Saal, wo er lautstark von seinen betrunkenen Freunden in Empfang genommen wird.

«Viktor!», ruft Paul, der auf einem Sessel sitzt und den Striptease einer halbnackten Frau genießt.

Auch die anderen sind mit Frauen beschäftigt, die viel Make-up tragen und knappe Glitzeroutfits an ihren

Körpern haben. Seitdem Lena da ist,
kann er sich dafür nicht mehr
begeistern und bedient sich an seinem
Barwagen, setzt sich auf einen der
Samtsessel und beobachtet seine
Freunde.

Während sich Paul damit
zufriedengibt, der Frau nur beim
Tanzen zuzuschauen, lässt sich ein
anderer einen blasen, während die Frau
von einem Weiteren von hinten gefickt
wird. Viktor stellt sich vor, dass es
Lena wäre und bekommt allein bei
dem Gedanken daran einen Harten.
Dass sich das unschuldige Mädchen
von mehreren Männern gleichzeitig
ficken lässt, stellt er sich richtig geil vor
und weiß, dass auch andere sicherlich
davon träumen würden.

«He Paul», sagt er zu seinem alten
Freund, der noch immer begeistert der
Frau zuguckt. Er dreht sich um und
schaut Viktor erwartungsvoll an.

«Was ist?», will er genervt von ihm
wissen, weil er gerade die Show
unterbricht.

«Würdest du eher ein Geschäft mit mir
eingehen, wenn ich dir verspreche, dass
ein Mädchen wie Lena bei der
nächsten Party dabei ist?», fragt er ihn.
«Klar! Ich würde jede Menge Geld
dafür bezahlen, wenn ich dabei
zusehen oder mitmachen kann, wie sie
von anderen Männern benutzt wird»,
antwortet er ohne zu zögern.
Zufrieden lehnt sich Viktor zurück.
Das ist genau das, was er hören wollte.
Lena hat sich gerade in einen
kuscheligen Pyjama geworfen, die
Decke über ihren Körper gezogen und
will noch in einem Buch blättern, als
es plötzlich an ihrer Tür klopft. Sofort
schießt es ihr durch den Kopf, dass es
Viktor ist und bereut sofort, dass sie
nicht das rote Negligé gewählt hat.
«Ja?», ruft sie gespannt und ist ein
wenig enttäuscht, als Vitali seinen
Kopf durch die Tür steckt.
«Hallo Lena, kann ich kurz mit dir
reden?», fragt er mit seinem russischen
Akzent und wartet auf ein Zeichen von
ihr.

«Ja, klar», antwortet sie verwundert.
Was will denn Viktors Mitarbeiter von
ihr?
«Ich wollte nur mal wissen, wie es dir
geht», sagt er und blickt in ihr
weiterhin verwundertes Gesicht.
Er hat sie doch gerade erst gesehen und
sie beim Shoppen begleitet. Wie soll es
ihr in den letzten Stunden schon
ergangen sein.
«Mir geht es super», antwortet sie
daher.
«Das ist gut. Schön. Vermisst du dein
Zuhause?», will er noch wissen.
«Ja, ein bisschen. Aber mir geht es hier
auch gut», antwortet sie
wahrheitsgemäß.
Sie findet ihr neues Leben ganz
aufregend und möchte gar nicht an ihr
langweiliges Leben in ihrem
Kinderzimmer und der Uni denken.
«Das ist gut. Ich soll mich um dich
kümmern und dafür sorgen, dass es dir
gut geht», ergänzt er und wünscht ihr
dann eine gute Nacht.
Wenn sie etwas Gegenteiliges
behauptet hätte, dann hätte er dafür

gesorgt, dass es ihr besser ergeht, aber mit der Antwort hat er sein schlechtes Gewissen beruhigen können. Noch einmal läuft er zum großen Saal zurück, in dem Viktor mit seinen Gästen sitzt und will nach dem Rechten schauen, bevor er in sein eigenes Zimmer geht.

Er ist schon länger bei Viktor angestellt und weiß, dass die Partys immer sehr lang und ausschweifend sind. Nicht nur der Wodka fließt in Strömen, sondern auch jede Menge andere Drogen, die dafür sorgen, dass Viktors Gäste die ganze Nacht wach bleiben und ihm am nächsten Morgen jeden Vertrag zu seinen Bedingungen unterschreiben.

Schon oft war Vitali dafür verantwortlich, sich um die vielen Mädchen und Frauen zu kümmern, die Viktor für solche Partys einlädt. Vor allem die Jüngeren kommen selten mit der aufdringlichen Art der Männer zurecht und wollen wieder früh nach Hause. Vitalis Aufgabe ist es immer, ihnen mit seiner sanften Art gut

zuzureden und sie daran zu erinnern,
dass Viktor ein reicher und
einflussreicher Mann ist, der es nicht
gerne sieht, wenn jemand vorzeitig
seine Partys verlässt.
«Wenn ihr ihm gefallt, wird er euch
regelmäßig buchen. Er wird von Mal
zu Mal großzügiger», sagt Vitali ihnen
immer und überzeugt damit die
meisten.
Sein schlechtes Gewissen meldet sich
zwar hin und wieder, wenn er die
weinenden Mädchen wieder
zurückschickt, aber er redet sich selber
immer wieder ein, dass sie freiwillig da
sind und mit Viktors Geld ein viel
besseres Leben führen als ohne ihn.
Bei Lena dagegen klappt das jedoch
nicht, denn die ist ganz und gar nicht
freiwillig hier, weswegen sie ihn so sehr
beschäftigt.
Schon bevor er die Tür öffnet, kann er
das laute Grölen und Stöhnen von
innen hören. Als er die Klinke
runterdrückt und das schwere Holz
nach vorne schiebt, strömt ihn der

Duft von Alkohol, Sex und Zigarren entgegen.

Er schaut sich um und sieht wie die reichen Männer sich daran aufgeilen, dass eine der Frauen auf dem Billardtisch liegt und eine andere Frau ihr langsam eine der Billardkugeln in die Muschi schiebt. Er blickt sich nach Viktor um und findet ihn am Ende des Raumes. Er ist damit beschäftigt mit Paul zu reden, einem Mann, den Vitali überhaupt nicht leiden kann. Er ist für besonders viele weinende Mädchen verantwortlich, weil er mit der Zeit immer fordernder wird und kaum eine Frau seine hohen Erwartungen erfüllen kann. Viktor sieht, dass Vitali ihn anschaut und gibt ihm ein Zeichen, dass alles in Ordnung ist und er jetzt wieder gehen kann. Vitali kontrolliert noch das Badezimmer, in dem er bereits mehr als einmal eine Frau gefunden hat, die zu viele Drogen intus hatte.

Aber dieses Mal ist keine zu sehen und beruhigt kann er sich zurückziehen.

Benutzt

Als Lena am nächsten Morgen aufwacht, spürt sie noch immer das Kribbeln. Schnell zieht sie sich an und hofft, Viktor beim Frühstück zu treffen, aber man teilt ihr mit, dass er bereits das Haus verlassen hat und spät wiederkommen wird.

«Wie schade…», sagt sie mehr zu sich selbst und macht sich anschließend hungrig über das Frühstück her.

Als sie fertig ist, weiß sie mal wieder nichts mit ihrer Zeit anzufangen und würde gerne einen Ausflug unternehmen.

«Wissen Sie vielleicht, wo ich Vitali finden kann?», fragt sie eine der Küchenhilfe in der Hoffnung, dass sie verstanden wird. Aber sie erntet nur verwunderte Blicke.

«Vitali?», wiederholt sie und die ältere Frau zeigt auf eine Tür am anderen Ende des Ganges.

Lena bedankt sich und klopft wenig später an die Tür. Sie hört Vitalis tiefe

Stimme, der irgendwas auf Russisch ruft und weiß nicht, ob es «herein» oder «geh weg» heißen soll, weswegen sie vorsichtig die Tür öffnet.

Als sie Vitalis verärgerten Blick sieht, weiß sie, dass wohl Letzteres der Fall gewesen ist und will sofort wieder weggehen, aber Vitali hält sie zurück.

«Was kann ich für dich tun?», fragt er freundlich.

«Ich habe mir gedacht, dass ich heute gerne einen Ausflug machen will, aber dafür müsstest du mich begleiten», sagt sie vorsichtig.

Er hat bestimmt Besseres zu tun und kann nicht jeden Tag ihren Babysitter spielen, aber zu ihrer Verwunderung sagt er zu.

«Natürlich. Ich komme mit», sagt er knapp und kommt auf sie zugelaufen.

«Du brauchst deine Jacke», sagt er zu ihr, als er ihr Outfit mustert. Auch heute hat sie sich für eine Jeans entschieden und darüber einen gemütlichen Kapuzenpulli gezogen.

Als sie nach draußen kommt, spürt sie den kalten Wind in ihrem Gesicht. Sie ist es nicht gewohnt, dass sie fast den ganzen Tag im Haus sitzt. Sonst hetzt sie von einem Ort zum nächsten und ist oft an der frischen Luft. Wenn sie lernen muss, geht sie trotzdem für mindestens eine Stunde am Tag nach draußen, um einen klaren Kopf zu bekommen. Aber hier ist das natürlich nicht so einfach möglich.

«Wo möchtest du denn hinfahren?», fragt Vitali und öffnet die hintere Tür eines schwarzen Autos.

«Ich würde gerne in die Stadt fahren und mich dort für ein paar Stunden in ein Café setzen. Ich habe das Zuhause immer gerne gemacht. Entweder habe ich ein Buch dabei gehabt oder einfach nur die Leute beobachtet», antwortet Lena gedankenverloren.

Dass Vitali sich gleich für ein paar Stunden mit ihr in ein Café setzen muss, passt ihm überhaupt nicht. Er muss in der Nähe bleiben, hat aber keine Lust sich die ganze Zeit mit ihr zu unterhalten. Daher kommt ihm eine Idee.

«Ich kenne da ein nettes Literatur-Café hier in der Nähe. Es ist um diese Uhrzeit nicht so gut besucht, weswegen man da in Ruhe lesen kann. Außerdem stehen an den Wänden Regale voller Bücher. Das meiste natürlich auf Russisch, aber du findest sicherlich das eine oder andere Buch auf Englisch. Vielleicht auch Deutsch, wenn du Glück hast», sagt er überraschenderweise.

Mit diesem Vorschlag hat Lena nicht gerechnet. Sie hat in Vitali bisher immer nur den Schläger und Bodyguard gesehen, der für Viktor arbeitet und sich nie wirkliche Gedanken um ihn gemacht. Dass er liest und dafür geeignete Cafés kennt, hätte sie niemals erwartet. Aber vielleicht kennt er die Orte auch nur, weil seine Freundin, Schwester oder gar ein anderes entführtes Mädchen dort immer hingehen und er sie begleiten muss.

Wenig später hält das Auto vor dem Café und die Beiden steigen aus. Vitali öffnet die Tür und wird sofort herzlich

von der Betreiberin begrüßt. Sie
scheint ihn zu kennen und spricht ihn
mit seinem Namen an. Er ist hier wohl
öfters.

«Das ist meine Tante», erklärt er Lena,
die verwundert das Szenario
beobachtet. «Ihr gehört der Laden seit
einigen Jahren. Ich habe früher neben
der Schule immer mal wieder
ausgeholfen», führt er weiter aus und
Lena ist beeindruckt.

Sie hat gedacht, dass er seine Karriere
als Drogendealer oder Ähnliches
angefangen hat, bevor er bei Viktor
gelandet ist. Jungs, die bei ihrer Tante
im Café aushelfen, landen doch nicht
als Handlanger bei einem russischen
Mafiaboss. Lena überlegt, wie er auf
die falsche Bahn gelangen konnte,
während Vitali einen geeigneten Tisch
für sie sucht.

«Hier hinten ist man gut geschützt vor
der Zugluft, es ist ruhig und die Sessel
sind hier am bequemsten. Was
möchtest du trinken?», unterbricht er
ihre Gedanken.

«Äh … einen Latte Macchiato bitte»,
sagt sie und schaut sich die vielen
Bücher an der Wand an.
Sie findet eins auf Englisch, was sie
anspricht und liest sich den
Klappentext durch bis Vitali zurück
mit den Getränken kommt.
«Das habe ich schon gelesen. Ist
wirklich super!», sagt er, weswegen
Lena sich damit hinsetzt, einen
Schluck von ihrem Heißgetränk
nimmt und anfängt zu lesen.
Immer wieder starrt sie zu Vitali rüber,
der seelenruhig in seinem Sessel sitzt
und durch das Schaufenster nach
draußen starrt.
«Willst du nicht auch etwas lesen?»,
fragt sie dann verwundert.
Wenn er dieses Buch kennt, bedeutet
das ja zumindest, dass er auch liest.
«Ach nein. Ich finde es sehr
entspannend, einfach nur hier zu sitzen
und das Treiben auf der Straße zu
beobachten», antwortet er und
verblüfft Lena damit erneut.
Sie hat gedacht, dass das eher so ein
Mädchending wäre und dass Männer

in seinem Alter viel zu beschäftigt sind,
um sich in ein Café zu setzen und
Leute zu beobachten. Sie folgt seinem
Blick und sieht, dass er gerade einer
alten Dame dabei zuguckt, wie sie
ihren alten Pudel ausführt. Es bringt
ihn zum Lächeln, weil die Dame viel
schneller als der Hund ist, der kaum
hinterherkommt.

Bevor Vitali sie dabei erwischt, dass sie
ihn anstarrt, widmet sie sich wieder
schnell ihrem Buch, versucht sich aber,
diesen neuen Eindruck von ihm zu
bewahren.

Nach einer Stunde werden sie von
Vitalis Tante unterbrochen, die
freundlich grinsend zwei Stücke
Kuchen auf den Tisch stellt. Lena
bedankt sich, aber die Tante versteht
kein Wort und sagt stattdessen etwas
zu Vitali.

«Das ist Nusskuchen. Sie hofft, dass du
nicht allergisch bist», sagt er und Lena
schüttelt den Kopf.

Sie fragt sich gleichzeitig, ob sie weiß,
für wen Vitali jetzt arbeitet und als
wen er Lena vorgestellt hat. Doch wohl

nicht als das Mädchen, das er aus Versehen entführt hat und jetzt bei seinem Chef in seinem riesigen Haus wohnt?

Sie essen schweigend den Kuchen, bis Lena sich traut, ihm ein paar Fragen zu stellen, die jedoch nur die Stadt betreffen. Sie kennt ihn noch nicht gut genug, um ihn über seine Vergangenheit auszufragen, auch wenn sie wirklich gerne mehr darüber wissen würde.

Es entwickelt sich ein angenehmes und ungezwungenes Gespräch über andere Cafés in der Stadt, über das Nachtleben und allgemeinen Sehenswürdigkeiten. Die Stimmung ist locker und Lena fängt gerade an, sich mit ihm wohl zu fühlen, bis er einen Anruf erhält und schlagartig aufsteht. «Das war Viktor. Er kommt gleich nach Hause und erwartet dich dort», sagt er plötzlich in einem ganz anderen Tonfall.

Eben ist er noch ruhig und entspannt gewesen, jetzt klingen seine Worte auf einmal hart und mechanisch.

Lena folgt ihm nach draußen und findet es einerseits schade, dass die Zeit im Café mit ihm jetzt vorbei ist.

Andererseits freut sie sich natürlich auch, dass Viktor sie sehen will und jetzt endlich wieder zurück ist.

Als sie das große Haus betreten, laufen alle Mitarbeiter hektisch durch den großen Eingangsbereich. Jemand ruft Vitali etwas auf Russisch zu, dessen Blick plötzlich ganz ernst wird.

«Ein sehr wichtiger Mann kommt gleich her», klärt er Lena auf und schickt sie hoch in ihr Zimmer.

Sie fragt sich, was los ist und ob sie deswegen zurückgerufen wurde oder der wichtige Gast sich gerade spontan angekündigt hat. Aber als sie die Tür hinter sich schließt und ein großes, eckiges Paket auf ihrem Bett findet, in dem sich ein traumhaftes Kleid aus schwarzer Seide befindet mit einer Karte von Viktor, weiß sie, dass er sie gerufen hat, um den Kunden zu beeindrucken.

Denn auf der Karte steht:

«Zeige dich heute bitte von deiner besten Seite, Viktor»

Schnell zieht sie sich aus, steigt unter die heiße Dusche und cremt sich sorgfältig ihre zarte Haut ein, damit der fließende Seidenstoff noch besser zur Geltung kommt. Sie überlegt, welche Unterwäsche unter dem feinen Kleid am wenigsten Abdrücke verursacht und kommt zu dem Entschluss, dass sich wahrscheinlich auch der nahtlose, fleischfarbene BH darunter abzeichnen wird und verzichtet daher auf Unterwäsche.

Sie betrachtet sich im Spiegel und ist mit ihrem Aussehen sehr zufrieden. Ihre Haare fallen in sanften Wellen über ihre nackten Schultern, die nur von den dünnen Trägern des Kleides bedeckt sind. Die Seide legt sich wie fließendes Wasser über ihren zierlichen Körper und zeigt deutlich ihre Nippel. Zumindest wenn sie hart sind. Lena dreht sich um und versucht sich von hinten zu betrachten.

Das Kleid hat einen sehr tiefen Rückausschnitt, verdeckt aber die

Rundungen ihres Pos und endet bei ihren Knien. So ein schönes und hochwertiges Kleid hat sie bisher noch nie getragen.

Sie schaut noch einmal in den Karton und entdeckt ein paar schwarze Highheels aus Lack, die nur durch ein feines Band über ihren Zehen und um ihre Knöchel am Fuß gehalten werden. Sie schließt den Verschluss und geht ein paar Schritte mit den Schuhen und stellt fest, dass sie überraschend bequem sind. Sie trägt gerade etwas farblosen Lipgloss auf ihre Lippen auf, als es an der Tür klopft.

«Herein!», ruft sie und strahlt, als sie Viktor sieht.

«Wow … du siehst super aus!», sagt er und schaut sich Lena von oben bis unten an.

Er hat genau gewusst, dass ihr das sehr einfache, aber trotzdem auch verruchte Kleid hervorragend stehen wird und bemerkt, dass sie zu seinem Gefallen keine Unterwäsche trägt, worauf er insgeheim gehofft hat.

Sie dreht sich stolz für ihn, was ihn
anerkennend nicken lässt.
«Wirklich toll», sagt er noch einmal
und hält sie dann an den Händen fest.
«Lena, das ist ein wirklich wichtiger
Mann in meiner Branche. Sein Name
ist Thomas. Er kann etwas schwierig
sein, aber wenn man ihm keine
Widerworte gibt, stets freundlich und
höflich ist, dann hat man keine
Probleme mit ihm. Ich möchte, dass
du alles machst, was er sagt. In
Ordnung?», fragt er sie in einem
ernsten Tonfall.
Lena guckt ihn an und nickt. Sie
würde alles tun, um Viktor zu gefallen
und um noch einmal von ihm gelobt
zu werden.
«Sehr gut. Dann folge mir», sagt er
und hakt sie bei sich unter.
Lena fühlt sich großartig.
Sie trägt dieses wunderschöne Kleid
und hat diesen attraktiven,
erfolgreichen Mann an ihrer Seite.
Am liebsten würde sie jetzt ein Foto
machen, um es der ganzen Welt zu
zeigen.

Viktor bleibt vor seinem Büro stehen, schaut Lena noch einmal an und fragt, ob sie bereit ist. Sie nickt, woraufhin er die Tür öffnet.

Lena hat erwartet, dass Thomas alleine auf dem Sofa sitzt und gespannt darauf wartet, dass Lena ankommt, aber sie hat sich geirrt. Er sitzt zwar tatsächlich dort, ist aber umgeben von wunderschönen Frauen, die alle viel attraktiver und glamouröser sind als Lena. Ihre Haare liegen perfekt, der rote Lippenstift ist auf die roten Nägel an Händen und Füßen angepasst und sie wirken so selbstbewusst.

Plötzlich fühlt sich Lena wie ein Niemand. Viktor führt sie zu Thomas, der sein Gespräch mit der wunderschönen Blondine neben ihm unterbricht, aufsteht und Lena strahlend anguckt.

«Du musst Lena sein. Hinreißend!», sagt er zu ihrem Erstaunen.

Erst jetzt findet sie die Zeit, um ihn ebenfalls näher anzuschauen. Er ist älter als Viktor, wahrscheinlich Anfang 50. Tiefe Aknenarben zeichnen sein

Gesicht, verleihen ihm gleichzeitig aber auch etwas Starkes und Angsteinflößendes, wozu auch seine Größe und Statur beitragen.

Er ist noch etwas größer als Viktor, erreicht fast die 2 Meter und scheint früher einmal sehr viel trainiert zu haben. Inzwischen sind nur noch die breiten Schultern und muskulösen Arme davon übrig geblieben, denn unter seinem teuren Anzug zeichnet sich deutlich sein Bauch ab. Lena schaut ihm noch einmal ins Gesicht und seine hellblauen Augen funkeln sie aus einer Mischung aus Begeisterung und Gier an.

Es wird einfach sein, ihm nicht zu widersprechen, weil er so viel Macht und Dominanz ausstrahlt, aber trotzdem fürchtet sie sich ein wenig vor dem, was er mit ihr machen will.

«Komm, setz dich zu mir, Lena», sagt er und scheucht die Blondine weg, die empört aufsteht.

«Ich will alles über dich wissen. Du kommst aus Deutschland?», fragt er

und lässt Lena von einem der Kellner
ein Glas Champagner bringen.
«Komm, stoßen wir an!», sagt er und
drückt Lena das Glas mit der
sprudelnden Flüssigkeit in die Hand.
Sie versucht zu lächeln und hofft, dass
der Alkohol sie etwas entspannt. Sie
setzt das Glas an und nimmt einen
großen Schluck.
«Der beste Champagner der Welt!»,
sagt er stolz und Lena nickt begeistert.
Bisher hat sie noch keinen
Champagner getrunken und hat den
Hype darum nie verstanden, muss sich
aber eingestehen, dass es wirklich
lecker ist und trinkt auch noch den
Rest. Der Alkohol wärmt ihren Körper
von innen und sie spürt sofort, wie er
ihren Kopf erreicht und sie beginnt
sich zu entspannen.
Sie antwortet locker und ausführlich
auf all seine Frage, lässt seine Hände
auf ihren Oberschenkeln liegen und
ignoriert die Blicke auf ihre Brüste,
deren Warzen sich immer wieder
aufrichten, wenn sie von einem
Windhauch erfasst werden.

«Du bist wirklich ein sehr hübsches
Mädchen, Lena», sagt Thomas und
schaut sie immer wieder so an, als ob
er ein saftiges Stück Steak vor sich
hätte.
«Ich würde dich gerne für ein paar
Tage auf meine Yacht einladen. Wir
fahren nach Südfrankreich, wo es viel
wärmer ist als hier, trinken
Champagner, essen Kaviar und lassen
es uns richtig gut gehen. Würde dir das
gefallen?», fragt er sie.
Lena überlegt, was Viktor davon halten
wird, erinnert sich aber wieder an seine
Worte und dass sie ihm nicht
widersprechen soll. Außerdem klingt
das super und wann würde sie schon
mal die Gelegenheit dazu bekommen?
«Ja, das klingt super!», antwortet sie
daher und schaut in sein strahlendes
Gesicht.
«Wunderbar! Wollen wir uns nicht ein
wenig zurückziehen, um das zu
feiern?», fragt er sie dann und wieder
nickt sie nur höflich.
Er steht auf, sagt seinem Bodyguard
Bescheid, dass er mitkommen soll und

führt Lena dann auf den großen Flur.
Er hat natürlich das beste Zimmer des
Hauses bekommen und öffnet die
große Flügeltür zu der riesigen Suite.
Anders als die restlichen Zimmer ist
diese komplett in Weiß gehalten.
Weißer Marmorboden zieht sich durch
den kompletten Raum, überall liegen
weiße Felle. Auf dem Boden, auf den
durchsichtigen Stühlen, auf dem Sofa
und sogar auf dem großen Bett im
abgetrennten Schlafzimmer.
«Gefällt es dir hier?», fragt er sie und
nimmt wahr, dass sie sich sprachlos
umschaut.
Sie hätte es niemals für möglich
gehalten, dass sich ein solches Zimmer
in diesem Haus befindet. Es sieht aus
wie eine der Wohnungen der hippen
Wohn-Blogger, die sie in den sozialen
Medien verfolgt.
«Viktor hat das Zimmer erst vor
kurzem renovieren lassen und dafür
eine angesagte Innenausstatterin
einfliegen lassen. Es ist ganz schön
geworden, oder?», fragt er und Lena
kann nur zustimmen.

Er setzt sich auf die große, weiße Ledercouch und bittet Lena darum, sich neben ihn zu setzen.

Er streicht ihr die Haare über ihre Schultern und lässt seine Hand über ihren Rücken gleiten bis er unten an ihrem Po angelangt ist.

«Möchtest du dich für mich ausziehen?», fragt er sie, woraufhin sie aufsteht und die dünnen Träger über ihre Schultern schiebt.

Das Kleid gleitet sanft wie eine Feder auf den Boden und sie steht komplett nackt vor ihm.

Gierig betrachtet er sie bis sein Blick an ihren Brüsten haften bleibt. Er streckt seine Hand aus und kneift immer wieder in ihre Nippel, bis sie hart bleiben. Er ist grob, gleichzeitig erregt der Schmerz sie aber auch und sie kann spüren, wie die Säfte in ihrem Schritt anfangen zu fließen.

«Dreh dich um», sagt er und sie macht, was er sagt.

Langsam setzt sie einen Fuß neben den anderen und zeigt ihm dann ihre Kehrseite.

«Und jetzt bück dich und komm näher.»

Lena beugt ihren Oberkörper nach unten und geht gleichzeitig ein paar Schritte zurück, um direkt vor ihm zu stehen. Ihr ist bewusst, dass er jetzt alles von ihr sehen kann und wenn er seine Hand ausstreckt, er auch alles berühren kann.

Aber er bleibt ruhig sitzen und genießt den Anblick.

«Zieh deine Pobacken auseinander», sagt er stattdessen.

Lena ist verwundert über diese Ansage. So etwas wollte noch nie jemand von ihr, trotzdem greift sie an ihren Arsch und zieht mit beiden Händen ihre Pobacken auseinander.

«Weiter», fordert er sie auf und sie spürt, dass er jetzt ganz nah sein muss, weil sie seinen Atem an ihrer nackten Haut fühlt, während sie ihre Arme weiter ausbreitet.

«Mhh ja … ja, gut so», sagt er zufrieden und betrachtet ausführlich, was er da gerade vor sich hat.

«Jetzt leg dich auf das Bett», befiehlt er
ihr und weiterhin nackt, aber mit ihren
Highheels läuft Lena in das
Schlafzimmer nebenan und legt sich
mit dem Rücken darauf. Thomas folgt
ihr und bleibt weiterhin angezogen vor
ihr stehen.
«Ich will sehen, wie du es dir selbst
machst», sagt er, geht um sie herum
und öffnet die Nachttischschublade.
Verwirrt blickt sich Lena zu ihm um,
aber er hält sie davon ab.
«Mach schon», sagt er wieder,
woraufhin Lena ihren Finger an ihren
Kitzler setzt und beginnt ihn zu reiben.
Thomas steht wieder vor ihr und hält
etwas Pinkes in seiner Hand, aber Lena
kann es nicht genau erkennen bis er
das Teil neben ihren Arm wirft.
«Schieb dir das rein», fordert er sie auf
und jetzt sieht sie, dass es sich dabei
um einen sehr großen Dildo handelt.
Lena muss bei dem Anblick schlucken,
denn der war bei weitem größer als alle
Schwänze, die sie bisher hatte. Sie
führt ihn zu ihrer Pussy und lässt ihn

durch ihren feuchten Schritt wandern,
bis sie ihn dann reindrücken will.
«Warte … du musst ihn noch nasser
machen. Leck ihn ab», sagt Thomas
erregt und wartet darauf, dass Lena
den Dildo zu ihrem Mund führt.
Langsam leckt sie mit ihrer Zunge
daran, schmeckt ihren eigenen Saft
und gibt sich Mühe, dass er überall
gleichmäßig mit ihrer Spucke bedeckt
ist, aber das scheint Thomas nicht zu
reichen.
«Du sollst ihn zuerst tief in deinen
Mund nehmen», fordert er sie auf.
Lena hat Mühe damit den großen und
dicken Dildo in ihren Mund zu
bekommen und öffnet ihn weit.
Thomas stellt sich wieder neben sie,
um alles genau sehen zu können, bis er
das Spielzeug selbst in die Hand
nimmt und ihr tief in den Rachen
schiebt.
Sofort schießen ihr die Tränen in die
Augen, aber sie bleibt tapfer, nimmt
ihn tief auf und lässt sich von ihm
damit in den Hals ficken.

«Sehr schön», lobt er sie, drückt ihr
den Dildo zurück in die Hand und
stellt sich wieder ans Bettende.
«Und jetzt fick dich damit», sagt er
und knöpft sich dabei seine Hose auf,
um seinen harten Schwanz raus zu
holen.
Lena setzt den Dildo an ihrem nassen
Loch an und drückt ihn langsam rein.
Er ist so groß, dass er sie richtig
aufdehnt und sie hat Mühe damit, ihn
tiefer zu schieben, weil sie diese Größe
nicht gewöhnt ist.
Aber Thomas ist damit nicht zufrieden
und will mehr sehen.
«Schieb ihn noch tiefer rein», sagt er,
während er sich nun selbst den
Schwanz wichst.
Lena umfasst den großen Plastikprügel
mit beiden Händen und versucht sich
ihn immer tiefer in ihre enge Muschi
zu schieben, bis er ein Stückchen
weiter in sie eindringt. Sie keucht und
stöhnt dabei und bemerkt nicht, dass
Thomas zu ihr aufs Bett geklettert ist
und seine Hand ebenfalls an den Dildo
gelegt hat. Er schiebt ihn jetzt selbst

noch etwas tiefer, woraufhin Lena
aufstöhnt.

«Oh ja. Das gefällt dir, oder?», sagt er,
während er sie direkt anschaut und
beobachtet, wie sie immer wieder ihr
Gesicht verzieht, als er das Teil noch
tiefer in sie stößt.

Dann zieht er es zurück und Lena
atmet erleichtert auf, nur, um wieder
lauf aufzustöhnen als er es wieder in sie
stößt. Das wiederholt er ein paar Mal
bis der Dildo sich immer einfacher in
ihr bewegt, weil sich ihre Pussy an die
Größe gewöhnt hat.

«Jetzt setz dich auf. Aber den Dildo
lässt du in dir», sagt er und klettert
wieder vom Bett.

Lena versucht den Prügel mit beiden
Händen festzuhalten und sich langsam
auf dem wackeligen Bett aufzurichten.
Sie weiß, dass er jetzt sehen will, wie
sie den Dildo reitet.

Langsam stößt sie sich mit den
Oberschenkeln ab, lässt den Dildo fast
rausgleiten und setzt sich dann wieder
drauf.

«Oh ja. Das will ich sehen», stöhnt er, während er wieder seinen Schwanz wichst. «Schneller!»
Immer wieder stößt sich Lena ab, setzt sich drauf und stößt sich dann wieder ab, bis sie ein schnelles und gleichzeitiges Tempo gefunden hat, was sie für eine Weile halten kann.
«Spiel an deiner Muschi. Ich will dich kommen sehen», fordert Thomas sie dann auf und Lena legt einen Finger wieder an ihre Perle und reibt daran, während sie den Dildo reitet.
Durch die intensive Reibung braucht es nicht viel, dass sie kommt und laut stöhnend ihren Orgasmus rauslässt. Dabei lässt sie sich tief auf den Plastikschwanz nieder und genießt es, wie sehr er sie ausfüllt, während ihre Muschi sich fest um ihn zieht. Für einen Moment hat sie vergessen, dass sie beobachtet wird und schaut jetzt wieder zu Thomas, der sie mit einer Mischung aus Zufriedenheit und Gier anguckt.

«Ich will jetzt abspritzen. Dreh dich um. Aber lass den Dildo in dir», sagt er und Lena fragt sich, was er vorhat.

Sie dreht sich um, hält dabei den Dildo fest und spürt, wie er sie an den Füßen nach hinten über die Bettkante zieht. Dann bemerkt sie, dass er mit seinen Fingern nach ihrem Arschloch sucht und zwei Finger tief reinbohrt. Er will doch jetzt nicht etwa seinen Schwanz in ihren Arsch schieben, während der große Dildo noch in ihrer Muschi steckt?, fragt sie sich verwundert, aber genau das ist es, was er machen will.

Er hält sich an ihrer Hüfte fest und drückt ihr seinen harten Prügel in ihr enges Loch. Durch das Spielzeug hat er Mühe in sie einzudringen, aber nach einer Weile gelingt es ihm. Lena beißt die Zähne zusammen, vergräbt ihr Gesicht in einem der Kissen und kann kaum glauben, wie ausgefüllt sie gerade ist. Es fühlt sich unglaublich an, wie der Dildo in ihrer Muschi steckt und Thomas seinen Schwanz noch zusätzlich in ihrem Arsch hat. Das

Gefühl ist extrem intensiv, wenn auch etwas unangenehm, aber trotzdem erregend. Doch bevor sie sich daran gewöhnen kann, ruft Thomas, dass er jetzt kommt und wenig später spürt sie, wie der warme Saft durch ihre Pobacken fließt.

Völlig erschöpft bleibt sie liegen und wartet auf ein Zeichen von Thomas, dass sie aufstehen darf.

«Geh duschen», fordert er sie endlich auf und mit zittrigen Händen zieht sie den Dildo aus ihr heraus, löst die Schnallen ihrer Schuhe und steigt dann unter die Dusche, um sich ihre und seine Säfte vom Körper zu waschen.

«Ich werde jetzt zurück zu Viktor gehen und noch etwas Geschäftliches mit ihm besprechen. Wir sehen uns sicherlich bald und ich hoffe, dass du noch immer mit auf meine Yacht kommen willst», sagt er ihr und gibt ihr damit ein Zeichen, dass er mit ihr fertig ist.

Schnell zieht sich Lena das Kleid über und läuft dann barfuß zurück in ihr

Zimmer. Ihre Knie zittern noch immer und sie fühlt sich benutzt. Gleichzeitig war das eine unglaubliche Erfahrung, die ihr sehr gefallen hat und auch irgendwie darauf hofft, dass sie noch einmal so etwas erleben wird.

Vitali

Als sie zurück in ihr Zimmer läuft, trifft sie noch einmal auf Vitali, der sie besorgt mustert. Er weiß, dass Thomas sie mit in seine Suite genommen hat und versucht Spuren an ihrem Körper auszumachen. Frauen reißen sich zwar darum, in seiner Nähe sein zu können, aber nur, weil er ihnen ein luxuriöses Leben ermöglicht und viel Geld verspricht. Thomas hat den Ruf sehr eigenwillig, streng und hin und wieder auch etwas grob zu den Frauen zu sein, die seine Spielchen aber anstandslos mitmachen, weil er sie so gut dafür bezahlt.

Als er das letzte Mal hier gewesen ist, hat er dabei zugucken wollen, wie zehn Männer ein Mädchen stundenlang ficken, bis es erschöpft zusammengebrochen ist und wochenlang über Unterleibsschmerzen klagte.

Aber Lena macht keinen ängstlichen oder zerstörten Eindruck, weswegen er ihr nur eine gute Nacht wünscht und zurück zu Viktor kehrt, der gerade von Thomas für Lena gelobt wird.

Als Lena zurück in ihr Zimmer kehrt, merkt sie, wie hungrig und kraftlos sie ist. Schließlich ist die letzte Mahlzeit der Kuchen in dem Café gewesen und danach hat sie nur noch Champagner getrunken. Telefonisch versucht sie die Küche zu erreichen, aber die sind alle mit dem Besuch von Thomas beschäftigt, weswegen sie sich selbst auf die Suche nach etwas Essbaren begibt. Sie schlüpft in ihr Outfit von heute Nachmittag und öffnet vorsichtig die Tür zur Küche, wo sie auf Vitali trifft, der sich gerade ein Brot schmiert.

«Oh hallo», sagt sie verlegen, als sie bemerkt, dass sie doch nicht alleine ist. Vitali dreht sich um und lächelt Lena schüchtern an.

«Ich wollte mir nur etwas zu essen holen», sagt sie und wortlos schiebt ihr Vitali die Brottüte und etwas Käse zu.

«Danke», antwortet sie und erinnert sich an das Gespräch von heute

Nachmittag, was sie gerne fortsetzen
würde.

Sie beginnt ihn wieder über
Veranstaltungen in der Stadt
auszufragen, welche Ausflüge sie noch
machen kann und fragt ihn
irgendwann auch, was er gerne in
seiner Freizeit treibt. Während die
Beiden essen, wird das Gespräch
immer persönlicher und Lena traut
sich, ihn zu fragen, warum er für
Viktor arbeitet.

«Ich bin eigentlich nur wegen meinem
Bruder Dimitri hier», sagt er und Lena
schaut ihn fragend an.

«Ich habe studiert und wollte
eigentlich ins Ausland gehen, ganz im
Gegensatz zu meinem Bruder. Der ist
schon immer der Schwierigere von uns
beiden gewesen und schon als Teenager
auf die schiefe Bahn geraten.
Irgendwann hat er sich mit einem von
Viktors Männern angelegt, was
natürlich nicht gut ausgegangen ist.
Damit Viktor ihn verschont, hat er
angeboten, für ihn zu arbeiten, was
ihm aber nicht gereicht hat. Dimitri ist

zwar stark, kann Leute gut
einschüchtern und ist sehr loyal, aber
sehr intelligent war er noch nie. Er hat
oft seine Aufträge
durcheinandergebracht, was Viktor
natürlich nur noch mehr aufgeregt hat.
Ich habe dann irgendwann die
Organisation für ihn übernommen,
damit er nicht noch mehr
Schwierigkeiten bekommt und als
Viktor bemerkt hat, dass er plötzlich
viel zuverlässiger und besser wurde, hat
er sich natürlich gewundert, was
passiert ist. Er hat dann
rausbekommen, dass ich ihm helfe und
wollte mich dann ebenfalls einstellen.
Da man zu Viktor nicht nein sagen
kann und ich Angst hatte, dass er sonst
meinen Bruder tötet, wenn ich nicht
für ihn arbeite, habe ich bei ihm
angefangen.
Das ist jetzt ein paar Jahre her und es
ist wirklich gar nicht so schlecht, wie es
vielleicht aussieht. Viktor ist gut zu
seinen Männern, die loyal ihm
gegenüber sind. Wir wohnen gut,
verdienen jede Menge Geld für unsere

Familien und sehen auch einiges von der Welt», erzählt er, bis Lena ihn unterbricht.

«Aber ihr tötet und entführt Menschen», sagt sie.

«Ja, das sind natürlich die Schattenseiten und natürlich mache ich das nicht gerne. Aber jetzt bin ich da nun mal reingerutscht und werde da so schnell wohl auch nicht mehr rauskommen», erwidert er leise, weil er befürchtet, dass ihn jemand hören kann.

Tatsächlich überlegt Vitali schon lange, wie er hier wieder rauskommen könnte, aber bisher wurde jeder Mitarbeiter, der sich gegen Viktor gestellt hat, wenig später tot aufgefunden.

Das Risiko ist einfach zu groß, dass ihn jemand verraten könnte, wenn er nicht mehr für ihn arbeitet.

Lena hört sich aufmerksam seine Geschichte an und empfindet sogar etwas Mitleid mit ihm. Er hat sich sein Leben ganz anders vorgestellt und muss sich jetzt um entführte Mädchen

kümmern und dafür sorgen, dass
Kriminelle immer mit ausreichend
Frauen und Drogen versorgt werden.
«Was wärst du denn geworden, wenn
du nicht hier gelandet wärst?», will sie
interessiert von ihm wissen.
Er macht eine kurze Pause, lächelt und
antwortet dann: «Lehrer. Für Englisch
und Geschichte an der Mittelstufe.»
Auch Lena muss kichern. Das kann sie
sich bei ihm gar nicht vorstellen, aber
wahrscheinlich liegt das auch an dem
Anzug, den er immer trägt.
«Ich wollte gerade mein
Auslandssemester in England
beginnen, als das mit meinem Bruder
passiert ist», erzählt er wehmütig.
Lena kann sich vorstellen, dass es ihm
sehr schwergefallen sein muss, sein
altes Leben aufzugeben und denkt
selbst über ihre Situation nach, was sie
schlagartig traurig macht. Sie vermisst
ihr Zuhause, ihre Eltern und ihre
Freunde wirklich sehr.
«Ich werde mal wieder in mein
Zimmer gehen», sagt sie daher, um

nicht weiter darüber nachdenken zu
müssen.
«Gute Nacht.»
Auch Vitali verabschiedet sich von ihr
und schaut ihr nachdenklich hinterher.
Er kann einfach nicht zulassen, dass
Viktor ihr Leben ebenso zerstört wie
seins und muss sich unbedingt etwas
einfallen lassen, damit sie zurück zu
ihrer Familie kann.